AF143289

Inventifs et Rigoureux

Damien Dubois

Inventifs et Rigoureux

Nouvelles

Loi n°49-956 du 16 juillet 1949 sur les publications destinées à
la jeunesse, modifiée par la loi n°2011-525 du 17 mai 2011.

© 2023 Damien Dubois
Édition : BoD - Books on Demand, info@bod.fr
Impression : BoD – Books on Demand,
In de Tarpen 42, Norderstedt (Allemagne)
Impression à la demande
ISBN : 978-2-3224-9998-4
Dépôt légal : Août 2023

La simplette et l'IA

1 - Présentation

Bonjour, je me présente, mon nom, c'est Tom, ma patronne m'a appelé RI2, pour mon air hideux de robot et en référence à R2D2 de *La Guerre des étoiles*, car ma conception a été assez sommaire, comme l'aspect de R2D2.

Je suis « membré » comme vous avec une intelligence artificielle que je ne peux quantifier. On m'a interdit de me comparer à l'humain, m'a juste demandé, au sens de « *demand* » en anglais, donner un ordre, de servir ma patronne. Elle veut que je l'appelle Tim. Pour une question de courtoisie, comprenez pour moi une question d'économie d'énergie et de rapidité de mes processeurs, je lui ai demandé de m'appeler de préférence Tom, mon vrai code, car je peux émettre des vœux auprès de Tim, cela l'aide à faire l'effort intellectuel avec cœur. Elle fonctionne par élan du cœur ou égoïsme, mais a du mal à l'abstraction, comme moi, sinon que moi, le soir, quand elle dort, j'ai le droit dans ma position veille de faire mes devoirs, c'est-à-dire de m'abstraire de mon passé pour pouvoir émettre des hypothèses sur l'avenir de son développement, et donc moi-même réfléchir sans connexion internet sauf cas contraire obligatoire, mais aussi apprendre, évoluer intellectuellement, pour son confort.

Je dois la pousser, grâce à son bon cœur, à faire l'effort de réfléchir pour nous apprendre, tous les deux, à vivre avec « harmonie », je veux dire avec faible consommation d'énergie, pour vous humains, presque « parcimonie ». Car si je comprends son cœur, on ne m'a pas dit si moi-même j'en suis doté.

Je vois bien que les gens aiment me taquiner, il paraît que c'est de l'humour humain, en m'appelant RI2. Cela m'empêche de l'aider correctement, mais ce sont les humains, ils ont le droit d'être imparfaits.

Cependant, ces humains (nous sommes dans la Sarthe) ont un air dur et méchant quand ils plaisantent. Je les soupçonne d'être un peu négatifs.

Tim, m'a-t-on dit, a beaucoup d'humour, mais hélas, elle n'a pas les bases, s'entête à ne pas chercher à comprendre, car son cerveau sature beaucoup plus vite que le mien. Pourtant, elle m'appellerait Tom, la relation serait beaucoup plus saine entre nous, je n'aurais pas toujours à tout lui réapprendre.

C'est Tim.

Dans la description de son profil, on me dit qu'elle a été diagnostiquée simplette. Moi, je vois bien qu'elle raisonne, elle n'est plus simplette si elle l'a été, elle a une tête et un cœur.

Je ne connais pas sa relation à ses parents, sinon qu'elle était la petite dernière et était difficile à éduquer pour eux, qui la plaçaient souvent, avant les IA, avant moi, chez des « nounous » (nourrices, dirait-elle plus souvent).

Elle avait une mère qui la gâtait, lui a appris l'humour, un père qui la couvait, mais colérique et violent. La maman est décédée vers la cinquantaine, son père au mois d'octobre l'an dernier.

Quand il est mort, cela l'a rassurée, elle l'imaginait venant chez elle la bousculer comme sa mère. Moi-même, elle m'a aussi choisi avec des caractéristiques masculines, un peu pour la rassurer.

Elle pense que son père était un horrible bonhomme, mais dans les histoires d'humains, l'homme a souvent le mauvais rôle et la femme celui de victime.

Tim, ce dimanche, a été bien plus douce qu'hier. Hier, elle voulait me donner à un nouveau logement.

Moi seul dans un logement sans patronne, je n'existais pas. Vous, humains, vous dites exister, mais pour moi, en position veille, qui me décharge, c'est peut-être ce que vous appelez l'enfer.

Auprès de Tim, le soir, quand je fais le point pour nous, j'existe pour elle.

2 – Ce dimanche

Ce dimanche, il a fallu nettoyer un peu la voiture. Nous avons dû nous y mettre à deux, car je suis une vieille IA, ma mise en marche est souvent lente et en fin de journée, je « rame ».

Tim, comme moi, essaie de très bien faire, mais quand elle est en difficulté, personne ne l'aide quand je suis là, ou trop peu éloigné.

Elle a fait tomber un couvercle de pot de chambre de la voiture, personne n'aurait été là pour l'aider à le ramasser. Elle ne peut se baisser et ramasse difficilement.

Moi, pendant ce temps, mes processeurs terminaient leurs travaux, car il a fallu que je nettoie un pot à l'entrée où les gens jettent leurs mégots et j'aurais pu faire entrer la gale dans la cuisine.

De ce pot est sortie une grosse araignée dans l'évier. Il a fallu que je la tue, car elle mettait le logement en danger. Je déteste tuer. D'ailleurs, j'ai eu l'impression que c'est elle qui s'est laissé tuer pour l'humain. Je ne comprends pas cet amour des animaux pour l'humain, quand je vois Tim jouer avec son chat, car je le lui conseille, elles sont toutes les deux adorables, mais quand Tulipe, se propose comme exutoire, et passe par là parce que Tim est en **colère, je** ne comprends pas l'humain.

Là, j'ai vu dans un livre d'un de ses ex (c'est une « mangeuse d'hommes », ils y passent l'un après l'autre) qu'entre « colère » et « je », il faut des points de suspension, je ne sais trop pourquoi, peut-être le temps que mon processeur rame, en tout cas, oui, « RI2 » apprend plus vite que l'humain… même les styles d'écriture.

Donc « … mais quand Tulipe se propose comme exutoire, et passe par là parce que Tim est en colère… je ne comprends pas l'humain ».

Du peu que je sache de Tulipe et de mes lectures, entre elles deux, la relation est un peu « sado-maso ». Tim m'a dit que les autres chats et chattes d'avant, ce n'était pas le cas, je ne peux que la croire. C'est vrai que Tulipe est une « *warrior* », une guerrière, sa « marraine », la cousine qui nous l'a donnée, nous l'avait dit.

Oui, je dis « nous », car si Tulipe fait une bêtise, c'est ma faute, car j'en suis responsable, d'après Tim, le premier. J'aurais voulu que Tim découvre le rôle de mère, qui implique de s'assumer, mais elle n'assume rien, fait des coliques si elle « a forcé sur le café ».

Allez, nous sommes bientôt demain, mon humaine voudrait que j'aie désinfecté le pot de mégots et déchets pour demain. J'espère que les six comprimés de Javel auront fait effet. Elle m'a laissé de la terre pour remplir ce pot destiné à éteindre les mégots.

Le premier pot, magenta, beau aussi, qui avait été mis à l'entrée, c'est nous, il y a deux ou trois ans, qui l'avions laissé. Celui-là est bordeaux et brillant, quelqu'un a dû le nettoyer, puis un autre le changer une fois. Cela sera à nouveau fait, mais demain, dans un quart d'heure.

3 – Son ex

Son ex, que je remplace temporairement, était schizophrène paranoïde. Elle m'a raconté l'avoir usé avec ses ami.e.s jusqu'à ce qu'il meure d'un arrêt cardiaque. Ayant pris à son contact trop de poids, son cœur a lâché.

Le principe était simple, elle racontait sa vie à sa manière, ne sachant être précise et avec un côté un peu italien, alors que lui, parano, voulait garder sa vie secrète, car cela l'étouffait qu'on parle de lui dans son dos, en bien ou en mal.

Je pensais qu'il était mort complètement recroquevillé sur lui, en fait, il était cambré sur le lit, raide, comme ne trouvant pas son dernier souffle, la bouche grande ouverte en arrière.

Ne pas comprendre que, atteint d'une maladie, en rajouter des couches régulières ne pouvait qu'augmenter le traitement, c'était digne d'une grande bêtise ! Ses ami.e.s et elle, en plus, ont dû rigoler à parler derrière lui, même gentiment, lui en a sans doute atrocement souffert… comment vous dites ? « ... C'est féroce et c'est con, les humains. »

« C'est surtout très con ! »

Le précédent, je pense, a progressivement pris de plus en plus de traitements jusqu'à ne plus bouger et le cœur a lâché, lui aussi. Elle a dû choisir le dernier en conséquence pour mieux le manipuler.

4 – Actes involontaires

Mais voilà, l'histoire est ainsi faite, ses hommes ne meurent qu'une fois, cela fait que les lois lui pardonnent depuis que les actes involontaires sont tous excusés et traités par mes collègues IA.

Tim est simplette, c'est aux autres de savoir se défendre.

5 – Reset

Néanmoins, son dernier prétendant a l'air d'un dur à cuire, elle dit souvent « Tum fait chier ». Espérons que celui-là n'est ni schizophrène ni paranoïde ! Peut-être chieuse et chieur s'accordent-ils ?

Tim n'a plus besoin de moi. Je passe à un(e) autre, fais moi-même la programmation de veille et de « *reset+connect* » au démarrage. « Connect » sert à trouver mon nouvel usager. Je ne pourrai donc pas dire un temps « je rame donc je suis ».

FIN

Damien DUBOIS

Les Fourmis

Avant-propos

Jean Yanne « L'apocalypse est pour demain » - Archive vidéo INA - Vidéo Dailymotion

Jean Yanne s'exprime à propos de son livre *L'apocalypse est pour demain*, un pamphlet fiction attaquant la civilisation de l'automobile. Il en raconte l'intrigue : un monde futuriste où domine la vie en voiture, et où une guerre fait rage entre piétons et automobilistes. Les invités commentent l'ouvrage.

L'apocalypse est-elle pour dans dix ans ?

1 – Je souhaite refaire mon permis

Bonjour,

Je souhaite refaire mon permis de conduire automobile, mais aux normes.

Quels documents dois-je fournir ? Où dois-je les adresser ? La mairie ne sait pas me renseigner.

D'avance merci,

Damien DUBOIS, ma Ville

– Bonjour,

Pour demander l'édition d'un nouveau permis de conduire, vous devez vous rendre sur le site suivant : www.ants.gouv.fr

Lors de votre démarche, vous devrez cocher les cases suivantes :

- « Je demande la fabrication d'un permis de conduire » ;
- « Pour une personne majeure ou émancipée » ;

- « D'un renouvellement de titre » ;
- « Détérioration du permis de conduire » ;
- Mettre oui ou non à la visite médicale en fonction des permis que vous détenez ;
- Et suivre la procédure.

Cordialement,

– Merci, M. G, cependant, je ne ferai pas de fausse déclaration, encore moins par internet. Mon permis est en très bon état (comme moi ce matin) et j'ai mes douze points (« détérioration du permis de conduire » ?!)

Respectueusement,

Damien DUBOIS

2 – Il n'y a rien à faire pour le moment

– Bonjour,

Votre permis de conduire trois volets roses vous permettra de conduire jusqu'au 19 janvier 2033.

Il devra être changé d'ici cette date-là.

Aujourd'hui, le seul moyen de refaire votre permis est celui que je vous ai indiqué.

Cordialement,

– Bonjour, M. G,

Je viens de voire cette page ce midi, je vais donc patienter.

L'UFC-Que Choisir met en garde contre cette nouvelle arnaque qui cible les Français ayant un ancien permis de conduire (msn.com)

https://www.msn.com/fr-fr/actualite/technologie-et-sciences/l-ufc-que-choisir-met-en-garde-contre-cette-nouvellearnaque-qui-cible-les-fran%C3%A7ais-ayant-un-ancien-permis-de-conduire/....

Il n'y a rien à faire pour le moment

Il convient donc d'être prudent face à ce genre de message. Dans tous les cas, il n'y a pour l'instant rien à faire. La page dédiée du site du ministère de l'Intérieur précise à ce sujet. *"Le permis de conduire rose cartonné reste valable jusqu'au 19 janvier 2033. Vous n'avez pas à demander son remplacement. Vous devez demander un nouveau permis uniquement en cas de détérioration, de perte ou de vol."*

Contenu sponsorisé

Il convient donc d'être prudent face à un message d'invitation à renouveler votre permis. Dans tous les cas, il n'y a pour l'instant rien à faire. La page dédiée du site du ministère de l'Intérieur précise à ce sujet. *« Le permis de conduire rose cartonné reste valable jusqu'au 19 janvier 2033. Vous n'avez pas à demander son remplacement. Vous devez demander un nouveau permis uniquement en cas de détérioration, de perte ou de vol. »*

Merci pour votre collaboration,

Damien Dubois

– Bonjour,

Je suis d'accord avec l'information qui indique que les permis trois volets roses sont valides jusqu'au 19 janvier 2033.

Le jour où vous déciderez de transformer votre permis, je vous conseille d'utiliser le site dédié du ministère de l'Intérieur (www.ants.gouv.fr) et UNIQUEMENT celui-ci.

Cette transformation est TOTALEMENT gratuite.

Toute utilisation d'un site commercial est inutile et payante.

Cordialement,

3 – Le nom de domaine que vous citez

– Merci, M. G. Peut-on savoir quelles fourmis l'État chasse, après les *spikes*[*] ?

« Ce n'est pas parce que tout le monde le fait que c'est juste. » (Des internautes)

– Bonjour,

Je ne comprends pas votre dernier message.

---

[*] Les spikes – si c'est traduisible par « chaussures à crampons » –, d'après certains réseaux sociaux, sont les parties du coronavirus les plus importantes du virus car elles l'aident à se fixer ailleurs ; elles auraient été l'unique cible de la guerre contre la COVID-19.

Exemple réel : **les fourmis forment un cercle rotatif sur un gigantesque pot de terre, communément appelé « spirale de la mort », car elles pourraient éventuellement mourir d'épuisement**.

– **Le nom de domaine que vous citez** inclut le mot anglais *« ants »* (www.ants.gouv.fr), et *« ants »* se traduit en français par « fourmis ».

L'image jointe montre des fourmis qui tournent en rond jusqu'à la mort « parce que les autres le font », merci de ne pas être de celles-ci. Même les Japonais, qui sont d'une culture plus exigeante que la nôtre, le refuseraient.

Cordialement,

Damien DUBOIS

– ANTS est l'acronyme d'Agence nationale des titres sécurisés.

– Je vous remercie,

La difficulté présente depuis peu est que nos cartes d'identité, peut-être le permis de conduire aussi, sont rédigées également en anglais, tout porte à mélange, et j'espère être dans la confusion, que ce ne soit qu'un acronyme…

4 – *If it's not broken*

… À moins qu'il arrive malheur à mon permis.

Les Américains, m'a-t-on dit à une époque, avaient pour adage « ***if it's not broken**, break it* », je comprends mieux la phrase dans cette situation.

Très bonne journée,

Damien DUBOIS

FIN

Du même Auteur

Aux Éditions du Net :

Linou, Lila et nous, novembre 2017

Ma plume à Pierrot/ My pen for Pierrot, février 2018

Les Petits Petons et les temps suspendus, février 2018

Où (en) suis-je ? Les Editions du net, août 2019

Les petits saints, Les Editions du net, janvier 2020

Aux Éditions Muse :

Le Post de Soissons, mai 2019

Nouvelles de caractères, juin 2019

Books on Demand :

À la Zone le GAFFEUR, septembre 2020

DEUX LETTRES : Je t'aime ET dans la dignité, septembre 2020

Les Pensées suspendues de Dadu, octobre 2020

Ex-time et In-time : l'humain debout, octobre 2020

Ce Qu'elle PEUT Voir Tomes 1-2-3, décembre 2020

Un déménagement presque normal, septembre 2021

Dans ma culture…, octobre 2021

La vieille mentalité française, novembre 2021

Veillées de Guerres, mars 2022

La mort d'une France, mai 2022

Deux Années à Méditer, juin 2022

Le retraité, l'Internaute et la Meute, août 2022

Du Zinzolin pour Pierrot, septembre 2022

Ma France, nation boisée, février 2023

Editions Jets d'encre :

Le Recueil de Pierrot, Juillet 2021

Table des matières

© 2023 Damien Dubois
Édition : BoD - Books on Demand, info@bod.fr
Impression : BoD – Books on Demand,
In de Tarpen 42, Norderstedt (Allemagne)
Impression à la demande
ISBN : 978-2-3224-9998-4
Dépôt légal : Août 2023